Nadine Descheneaux

Les idées folles
de Rebecca

Un journal (pas) TRÈS intime

Illustrations de Martin Goneau

boomerang

Catalogage avant publication de Bibliothèque et Archives
nationales du Québec et Bibliothèque et Archives Canada

Descheneaux, Nadine, 1977-

Un journal (pas) très intime
(Les idées folles de Rebecca ; 1)
Pour les jeunes de 8 ans et plus.

ISBN 978-2-89595-681-5

    I. Goneau, Martin, 1978-   . II. Titre.

PS8607.E757J68 2012   jC843'.6   C2012-941637-1
PS9607.E757J68 2012

© 2012 Nadine Descheneaux et Boomerang éditeur jeunesse inc.
Tous droits réservés. Aucune partie de ce livre ne peut être copiée ou
reproduite sous quelque forme que ce soit sans la permission de Copibec.

Auteure : Nadine Descheneaux
Illustrations : Martin Goneau
Graphisme : Mika

Dépôt légal – Bibliothèque et Archives nationales du Québec,
3e trimestre 2012

ISBN 978-2-89595-681-5

Gouvernement du Québec – Programme de crédit d'impôt
pour l'édition de livres – Gestion SODEC
Boomerang éditeur jeunesse remercie la SODEC
pour l'aide accordée à son programme éditorial.

Nous reconnaissons l'aide financière du gouvernement
du Canada par l'entremise du Fonds du livre du Canada
(FLC) pour nos activités d'édition.

ASSOCIATION
NATIONALE
DES ÉDITEURS
DE LIVRES

Imprimé au Canada

« L'imagination est plus importante
que la connaissance. »
Albert Einstein

*À Adèle, avec tout mon amour
et quelques graines de folie...*

Je m'appelle Rebecca, j'ai 10 ans
(Bon, 9 ans et ¾,
mais j'aime mieux dire 10 !)
et il m'arrive toujours des aventures folles.

Toujours.

T.o.u.j.o.u.r.s.

Et c'est ainsi que…

Attention ! Je suis épiée. Quelqu'un me surveille. Je n'aime pas cela. Je n'aime pas cela du tout.

Depuis que grand-maman Dodo m'a offert un journal intime, c'est la catastrophe. Des choses étranges et inhabituelles surviennent dans mon entourage. On fouille ma chambre. (J'en suis presque certaine !) On me suit. On me questionne. On rôde autour de moi la nuit quand je dors. C'est vraiment inquiétant. Je crois même avoir vu un étranger passer tout près de ma fenêtre. (À moins que ce soit mon père avant de partir pour le travail, ou encore le facteur…) En tout cas, c'est plutôt louche…

Comme je te disais, tout cela a commencé depuis l'arrivée de mon journal intime. Oh, bien sûr, c'est vrai qu'il est beau, mon journal. Il n'est pas trop grand, pas trop petit. Pas trop épais, pas trop mince non plus. Ni trop sérieux ni trop bébé. Mais est-ce une raison pour que tout le monde s'y intéresse et cause un tel remous dans ma vie ? C'est un peu fou... mais vrai !

Mon journal est exactement de la même dimension qu'un boîtier de jeu de Wii. Je le sais, car je suis une pro dans l'art de deviner les cadeaux ! J'ai l'œil pour évaluer la grandeur, l'épaisseur et la pesanteur d'un paquet sans même le toucher. (Bon, quand je le secoue, c'est encore mieux, mais je ne peux pas toujours réussir à le faire sans qu'on me voie.) Je suis capable de deviner si le cadeau est un cerf-volant, un ballon (trop faaaaacile !), un jeu vidéo ou une figurine. J'ai quand même dix Noëls, dix Pâques, neuf anniversaires et dix Saint-Valentin à mon actif ! Bref, quand j'ai aperçu le cadeau format jeu vidéo sous l'enveloppe portant l'écriture de grand-maman Dodo (je suis aussi experte en calligraphie !), j'étais vraiment étonnée que ma grand-mère m'ait acheté ça ! Ce n'est vraiment pas son genre, tu comprends ? **1) Grand-maman Dodo, c'est une rêveuse**

professionnelle. Elle vit dans une maison toute colorée. Il n'y a pas un mur de la même couleur. On se croirait propulsé directement sur un arc-en-ciel! Elle n'a même pas de TÉLÉ! Ce n'est même pas une farce! Je ne pensais pas que ça existait encore des gens comme ça aujourd'hui. Elle dit que les plus belles histoires sont soit dans les livres, soit dans sa tête. Alors les jeux vidéo, pour elle, c'est superflu! **2) Je doute qu'elle sache que la Wii existe.** Ce n'est pas de sa faute: même si elle n'a pas vécu avec un dinosaure de compagnie (Ça la fâche quand je dis cela!), il reste que les jeux vidéo, ça n'existait pas dans son temps! La télé, oui, mais le reste (le câble, les télés minces, les satellites et les consoles), non! **3) Je l'imagine mal dans le magasin de jeux vidéo!** Je vois par contre très bien la scène dans ma tête (Là-dedans, ça tourne toujours vite, comme si je vivais ma vie en des millions de courts vidéoclips: bienvenue sur le canal Rebecca!): grand-maman Dodo est plantée devant le mur garni de boîtiers colorés, étonnée par le nombre considérable de jeux, avec sa longue robe fleurie, ses souliers rouges à talons hauts, sa veste rayée mauve et orange, ses foulards multicolores et ses bijoux en bois. (Ouf! C'est laid! JAMAIS je ne porterais cela!) Soudain, elle apostrophe un vendeur. Elle lui demande de l'aider, mais ne lui laisse pas la chance de dire un seul mot. Elle lui casse les oreilles en répétant que c'est totalement épouvantable (Elle dit toujours cela!) qu'il y ait autant de jeux débiles. (C'est elle qui le dit, pas moi!)

Bref, mon journal est gros comme un jeu vidéo. Pas trop épais, pas trop gros! **Fab** (comme dans fabuleux!), parce que je peux le trimballer partout. En plus, il est tellement beau! Il ne ressemble à aucun autre cahier. Grand-maman Dodo l'a retravaillé à son goût. Résultat : il est unique (et bizarre... comme ma grand-mère!). Il est poilu, vert et doux. Ne reculant devant rien, grand-maman l'a recouvert avec un morceau d'une vieille couverture. Supposément ma doudou préférée quand j'étais petite, mais je n'en ai aucun souvenir : ça fait tellllllllllement longtemps! Ensuite, mon journal est ceinturé d'une fermeture éclair. Une vraie! On dirait une mouche métallique. Rien ne peut s'en échapper même si je glisse des bouts de papier entre les pages. Finalement, grand-maman Dodo m'a donné un minuscule cadenas. Je peux l'accrocher au coin supérieur gauche de mon cahier, là où la fermeture éclair se termine. Zip zip zip ! Clic ! Tous mes secrets resteront bien enfermés dans mon monstre vert. Ah ! Il est vraiment chouette, mon journal ! Trop, peut-être, et c'est pour cela que tout le monde est jaloux et veut le voir de plus près… Mon journal attire les curieux. Et des curieux, chez nous, il y en a… trop !

Je trouve ça teelllllllllement louche ! C'est précisément au moment où j'ai commencé à écrire dans mon journal (Bon… Écrire, c'est peut-être exagéré. J'ai seulement griffonné sur la première page « Le journal TRÈS intime de Rebecca ». Rien d'extraordinaire, mais c'est un début !) que j'ai remarqué des comportements suspects autour de moi. Pour l'instant, je rêve de devenir détective-espionne. Donc, les intrigues, les comportements inhabituels et les mystères, c'est mon truc!

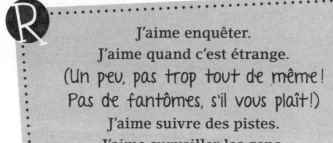

J'aime enquêter.
J'aime quand c'est étrange.
(Un peu, pas trop tout de même!
Pas de fantômes, s'il vous plaît!)
J'aime suivre des pistes.
J'aime surveiller les gens.
J'aime tous les gadgets dont ont besoin
les (vrais) espions.

Grand-maman Dodo m'a peut-être refilé un cahier spécial? Un livre précieux et rare que même les plus riches et les plus puissants de la Terre voudraient posséder? Qui sait si je n'ai pas reçu un journal intime avec une puce électronique intégrée qui lance un signal (une alarme avec bouton rouge qui clignote) avertissant ma famille et tout le quartier (tant qu'à faire!) au moment précis où mon crayon dessine des lettres sur les pages?

Je t'explique ce que j'ai vu. Tu concluras comme moi que ma famille a des comportements suspects.

D'abord, **mon père** me pose souvent des questions concernant mon journal intime. *« Tu fais quoi ? Tu as écrit ? Tu l'aimes, ton journal ? Es-tu contente ? À quoi penses-tu ? »*

Ma mère, elle, sourit drôlement avec ses yeux pétillants quand je me promène avec mon monstre poilu tout vert. (Il faut dire qu'il n'est pas discret.) Elle est devenue la spécialiste du **« Moi aussi, tu sais... »**.

— *Moi aussi, tu sais, j'ai reçu un journal intime de la part de grand-maman Dodo quand j'avais ton âge.*

— *Moi aussi, tu sais, j'écrivais dans mon journal intime quand j'étais petite.* (Euhhh, désolée, mais c'est que MOI je ne suis pas petite !)

— *Moi aussi, tu sais, j'aimais tellement cela m'installer sous mes couvertures, avec une lampe de poche, pour écrire alors que j'étais censée dormir.* (Je n'ai jamais fait ça... encore ! C'est que je ne retrouve plus ma lampe de poche !)

Puis elle repart, son sourire plein de sous-entendus accroché aux lèvres. Le genre de sourire qui peut vouloir dire :

a) J'aime que tu sois comme moi.

b) J'aimerais que tu me dises si tu écris souvent.

c) Tu ne veux pas me dire ce que tu écris ?

d) J'aimerais lire ce que tu écris...

e) Je pourrais le découvrir toute seule, si je voulais...

f) Moi aussi, tu sais, je pensais pouvoir tout cacher à ma mère. Impossible !

g) Cache-le bien, ton journal, car je pourrais le trouver en faisant du ménage...

Gabriel (mon frère, malheureusement!) n'est jamais vraiment intéressé (heureusement!) par ce que je fais. Il a 13 ans et grogne tout le temps.

14

(Il ne veut jamais me parler et me traite toujours de bébé.) Plus que mon chien Tambour, même! MAIS (Eh oui, il y a des exceptions plates avec mon frère!), même s'il n'a pas vraiment envie de connaître mes secrets, Gabriel a compris que ça me fâcherait s'il découvrait ce que j'écris. Alors il zieute mon cahier en me faisant des signes étranges. Ça doit être un code que je ne comprends pas très bien. Sauf que désormais, il me lance aussi des phrases comme : *«Fais attention à ton journal… on ne sait jamais ce qui peut arriver!»*, *«Surveille-le bien»*, *« Il pourrait disparaître ou même pire…!»*

Même **Tambour** a l'air louche sous son apparence de gros lourdaud (aucun gène de chien protecteur chez lui). **Son occupation principale :** faire une ronde de siestes dans toute la maison pendant la journée. **Son sport extrême :** se promener péniblement (et le plus lentement possible) dans chaque pièce de la maison entre ses siestes. Depuis l'arrivée de mon journal, je ne sais pas si c'est parce que ce dernier a une odeur particulière (peut-être celle des chats de grand-maman Dodo!) ou si c'est le fait qu'il est plein de poils comme lui, mais Tambour frémit du museau quand il s'en approche.

Bref, toute ma famille est perturbée depuis que j'ai reçu ce cadeau d'anniversaire.

Aaaaaaahhhh! Hhhaaaa! J'ai compris! On veut lire mon journal! L'ouvrir à ma place. En parcourir les pages. Lire ce que j'ai écrit. Lire ma vie. Déchiffrer mon cœur. Décoder mes idées. Creuser mes secrets. Découvrir mes rêves. Oh non! **Pas question!** Parole de moi!

Ma famille a oublié un point d'une importance **capitale, mondiale, universelle et même extraplanétaire**: mon cahier est muni d'un dispositif génial et archisécuritaire: un cadenas. Je possède LA (minuscule) clé qui verrouille mes mots (Ou plutôt qui empêche les gens d'ouvrir mon cahier!). Impossible de le parcourir autrement! Il n'existe pas de double! Bon, peut-être qu'en coupant le cadenas avec une énorme paire de pinces, ce serait possible, mais il faut **a) être vraiment fort** et **b) avoir une paire de pinces très coupantes.** Et mon frère est trop nul et surtout troooooooooooop paresseux pour aller farfouiller dans le cabanon afin de trouver cet outil pour ouvrir mon cahier. Je peux dormir tranquille. Fiouuuuuuuuuuu !

Dans mon journal, j'écrirai évidemment mes secrets. Tous mes secrets ! Mais, puisque je ne sais pas trop lesquels mettre en premier (Ce n'est pas si évident de choisir !), j'ai commencé par faire une longue description de moi. Oh ! Ça paraît facile, mais ça ne l'est pas du tout. C'est un exercice complexe. Je ne peux pas simplement dire **« je suis grande »**. Ça veut dire quoi, **« grande »** ? Ou que j'ai les cheveux brun foncé et les yeux bleu clair comme une flaque d'eau. (Étrange mélange, n'est-ce pas ? Mais c'est vrai !)

Je me suis amusée. J'ai écrit ma biographie. Oui oui ! L'histoire de ma vie. J'ai fait comme si j'étais une grande vedette (Pas dans le sens de la hauteur, mais plutôt parce qu'on me connaîtrait partout sur la planète, autant dans la brousse que dans les villes les plus cool!). J'ai imaginé qu'on parlait de moi dans un magazine et j'ai laissé aller mon crayon. C'est fou comme je me suis amusée, même si dans les **trois** premières minutes (Peut-être juste deux. Bon, j'ai tendance à exagérer toujours un peu...) je me suis creusé la caboche!

Voici ce que ça a donné :

Grande comme six boîtiers de jeux de Wii, Rebecca a les yeux bleus comme la peau des Schtroumpfs. Mais c'est sa seule ressemblance avec ces petites créatures. Son nez est un peu retroussé. Quand elle sourit, deux fossettes se creusent dans ses joues. Rebecca aime le jaune et le mauve, n'aime ni le rose ni le rouge **(OUACH!)**. *Aussi, ses occupations préférées ne sont ni faire le ménage de sa chambre, ni manger des champignons, ni apprendre ses tables de division, ni plier du linge. On peut résumer Rebecca ainsi :*

1000 idées
+
un peu gaffeuse
=
une vie jamais plate

C'est court, je sais. Mais pour moi, c'est long, car je n'avais plus d'idées. Quoi ? Ce n'est pas parce que j'ai un journal que je trouve plus rapidement les bons mots pour exprimer ce que je veux dire. Je n'ai pas pris de risques et, comme une espionne experte menant une mission ultra-secrète, j'ai refermé mon cahier et l'ai verrouillé. J'ai rangé la clé dans une mégacachette. C'est sûr et certain que personne n'ira fouiller là. Chuuuuut : je l'ai glissée dans

un trou du plancher de ma chambre. Tout près du mur, il y a un mince espace entre deux lattes de bois. Je peux y glisser de petits objets. C'est une cachette parfaite, car il faut d'abord **a)** trouver le plancher sous des montagnes de vêtements (les propres et surtout les sales), des piles de bandes dessinées (J'adoooooooore trop cela!), des vieux dessins, des feuilles (de papier, mais aussi d'une espèce de plante verte dont je m'occupe probablement mal, car elle est plutôt brune et perd toutes ses feuilles), mon sac d'objets d'espion (mon futur métier), ma collection de souliers Converse et mes foulards;

b) trouver LA fente coffre-fort. Mon père a de trop grosses lunettes et ne voit pas très bien: aucune chance qu'il découvre la clé. Il y a deux mois, ma mère a déclaré ma chambre zone SMTPPT, ce qui veut dire Sans ménage! Tant pis pour toi! Moi, ça ne me dérange pas une miette. Elle croyait que, si elle ne passait plus l'aspirateur dans ma chambre, je finirais par le faire moi-même. Beurk! J.A.M.A.I.S. Mon désordre est mon ami! Mon frère ne met jamais le nez dans ma chambre, car il dit que ça sent la fille et que le mélange d'orange, de jaune et de mauve lui lève le cœur. (Si je m'habillais ainsi, il m'éviterait peut-être pour la vie? Mieux, je pourrais demander à maman de repeindre toute la maison de cette couleur et je serais débarrassée de lui pour toujours!) Je n'ai donc aucun souci: ma clé est en sécurité, mes secrets aussi.

Je peux laisser ma biographie mijoter tranquille dans mon cahier. Dans quelques heures, mes idées se seront sûrement réveillées et je pourrai continuer la fabuleuse histoire de **MOI**. Sauf que, finalement, les heures ont passé et se sont transformées en journées.

Exactement deux jours plus tard (Mes idées étaient sur le point d'hiverner... même si on est en avril!), l'inspiration m'a frappée dans l'autobus sur le chemin du retour de l'école. En arrivant, j'ai voulu rajouter une phrase dans mon journal. Je craignais de l'oublier, alors j'ai couru dans ma chambre et j'ai enjambé tout (Ce serait trop long de tout énumérer! Pense à une chambre à l'envers, à un plancher laissé à l'abandon depuis des jours et multiplie cette catastrophe par trois... peut-être quatre... ça va te donner une idée!) ce qui traînait pour attraper mon journal. Ce fut une véritable course à obstacles olympique. (Si cette discipline fait partie des prochains Jeux d'été, je m'inscris... et je gagne haut la main!)

Mon cahier, je ne l'avais pas perdu (lui!). Trop facile! Je le cache sous le matelas de mon lit et il n'avait pas bougé d'un seul poil. (Avec la quantité phénoménale dont il est recouvert, c'est vraiment juste une expression!) Je soumets de toute manière chaque jour son existence et surtout son non-déplacement à quatre vérifications de routine: au retour de l'école, après ma douche, juste avant le dodo et au petit matin.

Le problème, c'était la clé. Elle n'était plus dans la fente coffre-fort. Pourtant, je ne l'avais pas déplacée. Je n'avais pas ouvert mon journal depuis mon essai boiteux de biographie. Impossible d'oublier ma cachette ou de la mélanger avec une autre. Ma mémoire avoisine celle des éléphants; je n'oublie rien. Tout reste emmagasiné dans mon cerveau. Parfois, je l'imagine comme une immense pièce remplie de dizaines de rangées de meubles munis chacun de milliers de minitiroirs. Tout ce que je sais est classé là-dedans. Et c'est moi la patronne qui trie tout cela. Je suis donc la responsable de cette bibliothèque d'infos disparates, parfois inutiles, mais plus souvent nécessaires. En effet, je sais des tas de choses qui n'ont aucun lien entre elles. Par exemple, je sais qu'un dromadaire a une bosse et un chameau deux (Le truc ? « Chameau » a deux syllabes donc deux bosses !), que Justin Bieber est né le 1er mars 1994, que le frère du superhéros Thor est Loki, que la date de fête de mon arrière-arrière-arrière-grand-père est le 14 février 1899 (Ça ne me sort plus de la tête parce que je me disais qu'il aurait dû s'appeler Valentin au lieu de Rodrigue !), que la capitale de la Gambie, un minuscule pays d'Afrique, est Banjul. (Je l'ai lu dans une revue et ce mot m'a fait penser à « banjo ».) Incroyable quand même les millions de choses que je transporte dans ma tête partout où je vais.

« Pas de panique, Rebecca ! Ce n'est pas le temps ! » me répétais-je pour ne pas céder à la tentation de hurler/pleurer/capoter/crier/ m'évanouir. J'ai peut-être mal regardé. J'ai contre-vérifié. (C'est ce que font TOUTES les détectives-espionnes!) Je me suis approchée des deux lattes du plancher jusqu'à ce que mon nez soit tout écra-bouillé par terre. J'ai écarquillé les yeux, ma bouche s'est pincée et... **BONG!** Une araignée est sortie du trou! Ouachhhhhhhe! J'ai grimacé. Effrayée, l'araignée s'est enfuie sur le mur. Pas le temps de jouer au safari-araignée! Je lui ai laissé la vie sauve. Je me suis réinstallée à quatre pattes pour trouver ma clé. En m'approchant encore plus près du sol, j'ai quand même eu un peu peur qu'un autre coloca-taire de la craque du plancher et ami de la bestiole à huit pattes escalade mon nez. Et je ne voyais tou-jours pas ma clé. Panique! (Là, c'était le temps!) J'ai saisi ma loupe et j'ai repris mon observation. Woupélaille! Ma clé était encore là (Non, l'arai-gnée ne l'avait pas volée!), mais elle avait glissé un peu plus profondément dans le canyon du plan-cher... euh, je veux dire, dans la craque entre les deux lattes. Glissement de terrain? Affaissement du sol? Minitremblement de terre? Je ne sais pas

24

comment ça s'est produit, mais ça s'est produit. (Même si je le savais, le résultat serait le même, alors ça ne donne rien de s'attarder au « pourquoi du comment » !) J'étais incapable de l'attraper avec mes doigts. J'ai essayé avec :

Mon aimant ⟶ **Échec !**

Une pince à épiler ⟶ **Échec !**

Une paille par laquelle j'aspire ⟶ **Échec !**

L'aspirateur ⟶ **Échec !**

Ma règle en plastique ⟶ **Échec !**

Ma règle en plastique avec une gomme déjà mâchée et ultracollante au bout ⟶ **Échec !**

C'était le **PIRE** moment de **TOUTE** ma vie. En même temps que je faisais des pieds et des mains pour sortir ma clé de là, il fallait que je me concentre pour ne pas oublier ma phrase. Je la répétais comme le mantra dans mes cours de yoga (L'an passé, mon professeur nous faisait réciter « Je suis un lac calme » pendant la période de relaxation à la fin du cours de gym... Ça n'a jamais marché avec moi, je suis plutôt une rivière endiablée ou un océan déchaîné!), mais je sentais qu'elle s'échappait de ma mémoire doucement. On aurait dit que j'avais une idée savon qui glissait partout et ne voulait pas tenir en place dans mon cerveau trop occupé **là-tout-de-suite-maintenant** à trouver la façon d'extirper ma clé de sa (TROP!) mégacachette.

Au bout de plus d'une heure, il y avait autour de moi des dizaines d'objets étranges (cintre, aiguille, aiguille à tricoter, clou, marteau, etc.) utilisés dans ma mission. Je n'avais pas mangé ma collation (Ça me dérangeait!), pas vidé ma boîte à lunch (Ça ne me dérangeait pas trop!), pas fait mes devoirs. (Ça me dérangeait, car j'allais devoir les faire après souper et j'allais rater mon émission de télé préférée... et ça, ça me dérangeait + + + +.) J'étais découragée et perdue dans mes pensées. C'est ainsi que mon père m'a retrouvée. En me voyant appuyée sur le mur, les yeux fixant le plancher, mes doigts pianotant impatiemment sur le côté de ma tête (c'était pour réveiller mes pensées !), le visage tout rouge (de colère), la sueur sur le bout de mon nez (c'est qu'il faisait chaud à s'activer autant !), il a compris que quelque chose n'allait pas.

— *T'as trouvé d'autres araignées ? On dirait qu'il y en a une colonie dans la maison. Un vrai braquage à domicile par de petits insectes à six pattes !*

(« Huit pattes, papa ! Huit !!! » Mais je n'ai rien dit. Pas le temps de lui expliquer que les insectes ont bien six pattes, mais que les araignées en ont huit, ce qui fait qu'elles ne

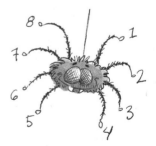

sont pas des insectes, mais des arachnides !
Les liens dans mon cerveau... ouf, épuisant !)
Il avait peut-être raison pour les araignées, mais à
ce moment précis, c'était le moindre de mes soucis.
J'avais un problème beaucoup plus urgent à régler.
Les minutes étaient comptées. Je sentais que j'allais
– pour une des premières fois de ma vie – oublier
ce que je voulais écrire.

   — Ne bouge surtout pas ! C'est important ! ai-
je lancé à mon père qui a soudain pris un air inquiet.

   J'ai couru au cabanon (Ça m'a pris exactement 47 secondes aller-retour, sûrement un
record mondial. Il faudra que je vérifie si
mon nom pourra être dans le prochain *Livre
des records · Guinness.*) et suis revenue avec la
grosse paire de pinces, l'objet ultime pour avoir ac-
cès à mon cahier et finalement écrire la phrase qui
tourbillonne dans ma tête.

   Avant qu'il exécute la manœuvre finale, j'ai expli-
qué à mon père l'étrange voyage de ma clé. En un
coup de pince, il a ensuite brisé le métal du cadenas
et a libéré les pages de mon cahier. Hourra ! Je lui
ai donné un bisou avant de m'emparer de mon jour-

nal comme une lionne qui protège ses petits.

En passant la porte, mon père s'est retourné et m'a lancé :

— Rebecca ! C'est dommage, tu ne pourras plus verrouiller ton journal... Que vas-tu faire ?

Hum ! J'ai détecté dans sa voix qu'il n'était pas si déçu que ça. Sans verrou, bien sûr que ce serait plus facile de mettre la main (et les yeux !) sur mon journal. Oh là là ! Un autre problème à régler, mais plus tard. Là, je devais compléter ma biographie et écrire ce qui me trottait dans la tête avant de l'oublier.

Je me suis installée sur mon lit, j'ai fouillé dans un bac à côté de moi pour trouver un crayon, ouvert mon cahier, retrouvé ma page et, au moment précis où je m'apprêtais enfin à écrire, j'ai été frappée par... l'oubli ! Rien à faire. « Il n'y a pas de service au numéro que vous avez composé. » Le néant. Un trou noir. Une craque dans mon cerveau et ma phrase a glissé trop loin dedans. Comme ma clé. Pfiou ! Échappée de ma tête comme un oiseau qui profite d'un moment d'inattention pour sortir de sa cage lorsque la porte est à peine entrouverte.

Je suis restée immobile pendant **10** minutes (Peut-être moins, j'exagère parfois un peu !) à attendre le retour de mon idée. J'ai même déposé mon crayon et mon cahier sur mon oreiller pour ne pas faire peur à mon idée. Elle pouvait revenir ; j'allais la capturer doucement comme on le fait quand on attrape un papillon délicat avec un filet. Peut-être était-elle partie se balader et allait-elle revenir cogner à ma porte pour rentrer dans ma tête ? Mais rien ne s'est passé. Rien. Rien. Rien. Finie. Partie. Morte. Envolée. Oubliée. Peine perdue. Zuuuuuuuuuuuuut !

Les mouvements pleins de rage (Oui, nos gestes ont des émotions : on ne bouge pas de la même façon lorsqu'on est triste, fâchée, contente ou surprise...), j'ai saisi mon crayon, repris mon journal et j'ai griffonné de ma plus laide écriture :

ARGHHHHHHHHHHh!

Je ne me rappelle plus!!!

Re-zuuuuuuut!

Cette nuit, je n'arrive plus à dormir. Réveillée depuis **1000 millions** de minutes (J'exagère un peu... mais au fait, c'est une qualité ou un défaut, ça? Je le rajoute dans ma bio?), je regarde le croissant de lune suspendu dans le ciel. On dirait même qu'il est accroché à la branche du pommier devant ma fenêtre, mais je sais bien que ce n'est pas vrai. Reste que moi, je remarque tout ça! Toutes les choses qui pourraient être vraies, mais qui ne le sont pas... Des fois, je pense que les bruits que j'entends la nuit, c'est Gabriel qui se transforme en loup-garou. J'imagine que le vieux téléphone cellulaire (même pas fonctionnel!) que m'a donné mon père va un jour sonner et que ce sera un appel hyperimportant pour la plus grande détective au monde (moi!) et que je devrai partir en mission. J'imagine ce

Votre mission, si vous l'acceptez...

qui n'existe pas, je transforme ce qui existe déjà et je crée des films dans ma tête. Maman dit que mon imagination est comme un champ de mauvaises herbes : tout pousse trop vite. Franchement, c'est insultant ! Mes idées ne sont pas inutiles comme des pissenlits. (J'ai déjà lu quelque part qu'il y a du vin et des tisanes de pissenlit, alors ça ne doit pas être si épouvantable comme plante !) **Pfft !** Je pense que maman a peur ! Autant des mauvaises herbes que de mes idées parfois un peu colorées, disons ! Maman travaille dans un grand bureau gris où elle calcule précisément, note, compte, vérifie, contre-vérifie, re-contre-vérifie des colonnes de chiffres. Elle ne jongle pas avec des idées, elle manipule des **0-1-2-3-4-5-6-7-8-9** toute la journée. C'est à mille lieues de mes idées folles et c'est pour cela qu'elle est un peu traumatisée quand je lance : « J'ai eu une idée ! » Chaque fois, ça la fait paniquer. Bon ! C'est vrai, j'ai déjà essayé de construire une cachette dans le pommier avec des draps. (Pas très solide, des draps... surtout quand il se met à venter et à pleuvoir !) J'ai aussi décidé d'élever une colonie de grenouilles pour pouvoir ensuite les vendre dans le magasin de farces, blagues et attrapes que je voulais ouvrir.

(« Aaaaaaaaaaaaaaaaaaaaaaaaaahhhhhhhhhhhh ! » a été sa réaction quand elle a découvert la cachette de mes 21 grenouilles ! Pas mal, hein ! Son visage est resté crispé pendant trois jours ! J'ai cru bon de ne jamais lui dire que j'avais aussi une boîte de grillons, deux couleuvres et une chenille à longs poils... pas question qu'elle transperce les tympans de tous nos voisins encore une fois !)

Comme tu vois, j'ai (BEAU-COUP) d'idées. Et c'est la nuit que je trouve mes meilleures. Les idées sont nocturnes (comme les hiboux, les chauves-souris, les tarentules et les ratons laveurs), c'est une nouvelle constatation de la fabuleuse liste des observations véridiques et toujours vraies de Rebecca.

Je ne peux pas faire grand-chose d'autre que dormir ou penser (ou manger un biscuit en cachette…), alors mon cerveau se met toujours à tourner. **BANG!** Je me réveille en sursaut. Ma tête veut cracher une idée. C'est urgent et totalement pressant, comme une envie de pipi. (Ou pire : avoir envie de pipi et rêver qu'on fait pipi… ou pire-pire : avoir envie de pipi, rêver qu'on fait pipi et entendre le bruit monstrueux « pssssssssssss pssssssssss ».) **Une seconde avant,** je dors sagement comme un bébé. (C'est idiot de dire cela, car un bébé ça braille tout le temps et ça ne dort jamais !) J'ai l'air paisible, reposée et calme. Aucun mouvement. Rien. En totale inactivité. Endormie comme une marmotte ayant bu de la tisane Sommeil ++. Avec même un filet de bave qui coule sur le côté de ma bouche. **La seconde suivante,** je me réveille et mon cerveau est automatiquement réactivé. Fini le calme, l'air paisible et le relâchement de tous mes muscles ! Ouvrir mes yeux met en branle tout un processus dans ma tête, comme si c'était l'interrupteur entre **« En marche »** et **« Arrêt »** dans mon cerveau. Dans ma tête, mes idées font un tour de montagnes russes. Tout va vite. On change de direction souvent. Ça tourne… C'est reparti ! Mes idées m'attaquent et m'empêchent de me rendormir.

Cette nuit, ce sont les possibles cachettes pour mon journal sans cadenas qui me tiennent réveillée ! Je dois en trouver une (et vite !). Je fixe la lune jaune en espérant calmer ainsi le tour de manège des idées dans ma tête.

Rien ne se calme.
Rien.
Encore rien.
Toujours rien.
R...i...e...n...

Ok ! Ça suffit ! Je serai donc la cheffe des montagnes russes. Terrrrrrrrrrrrminé ! Tout le monde descend. Je prends mon journal, un crayon et je m'installe (un coussin sous les fesses, un autre entre ma tête et le mur et un autre sur mes genoux) pour noter des idées de cachettes. Je freine mes idées et les éjecte de force du manège. Ah! Ha! C'est moi la démoniaque! (Parfois il faut être dure avec notre cerveau!)

— *Allez, les idées !* **Pas le choix,** *on descend !*

— *On fait la file, l'une derrière l'autre. Rebecca va vous prendre en note !*

— *On ne pousse pas.*

— **Tut tut tut !** *Personne ne dépasse. C'est inutile, tout le monde va y passer !*

— **Chut !** *On parle moins fort. Difficile pour la concentration, sinon !*

— *Avancez, n'ayez pas peur.*

— *On continue !* **Plus vite que cela !** *On ne veut pas vous perdre.*

— *Tout le monde est là ? Tout le monde est sorti du manège ?*

— *On n'oublie personne ? Promis ?*

— **Super !** *Bon boulot !*

Youpiiiiiiiiiii ! J'ai réussi à rassembler toutes les possibles cachettes pour mon journal et le matin n'est même pas encore sur le point d'arriver. Je vais avoir le temps de dormir un peu (peut-être). Une chance que demain c'est samedi. Je pourrai surveiller mon journal chaque minute et tester toutes les cachettes pour décider de la meilleure ! Lundi matin, quand je partirai pour l'école, mon journal sera en sécurité !

Bonne nuit, les idées ! Au revoir, montagnes russes ! Bonne nuit, la lune ! Bonne nuit, journal ! Je peux dormzzzzzzzzzzzzzzzzzzzzzzzzzzzzzzzzzzzzzzzzzz

Liste des possibles meilleures cachettes

- ★ *Sous mon lit*
- ★ *Sous mon matelas*
- ★ *Dans mon tiroir de bobettes et de bas*
- ★ *Dans mon vieux coffre à jouets, à l'intérieur d'une marionnette de crocodile*
- ★ *Dans mon sac d'école, dans mon sac de gym*

- ✦ *Dans ma bibliothèque derrière mon roman préféré*
- ★ *Dans le tiroir de ma table de chevet sous la boîte contenant ma collection de bracelets*
- ★ *Dans le fond de mon panier à linge*
- ★ *Derrière mon bureau de travail avec les mousses de plancher*
- ★ *Dans mon bac à souliers dans une de mes espadrilles*
- ★ *Sur la tablette de mon garde-robe entre les jeux, collé avec du ruban gommé*
- ★ *Chez grand-maman Dodo dans sa malle remplie de foulards*
- ★ *Dans mon tiroir de bobettes et de bas, ficelé avec de la laine pour qu'il passe inaperçu*

Mes yeux ne se sont rouverts que vers 10 h ! Ouhhhhlàlà ! Le temps presse ! Je dois assurer une sécurité maximale autour de mon journal intime maintenant désarmé de son système de protection. Pas question de le laisser ainsi éventré à la vue de tous. Surtout qu'il est absolument certain que mon père a raconté la péripétie de la clé à ma mère et que les grandes oreilles (laides!) de mon frère auront capté l'information entre deux chansons dans ses écouteurs. (Pour mal faire, il entend tout ce qu'il ne devrait pas entendre. C'est à croire qu'il a des antennes qui l'avertissent quand il faut qu'il prête attention au monde extérieur pour se prémunir d'armes... surtout d'armes contre sa sœur!) Bref, mon journal ressemble en ce moment à un buffet chinois où tout le monde pourrait (Je dis « pourrait », car c'est moins épeurant que « peut »!) se servir. Mes secrets sont tout nus. Rien ne les cache ni ne les protège. Alors pas une nanoseconde à perdre!

Dans la maison, tout est silencieux et tranquille. Bon signe. Je ne me ferai pas déranger. Excellent point pour une agente secrète comme moi qui doit examiner les idées de cachettes notées la nuit dernière. Je m'installe dans mon bureau secret (mon lit) et je relis chacune de mes possibilités. J'analyse le degré de faisabilité et de sécurité de mes possibles cachettes.

Zioup! Je biffe d'un gros trait de marqueur mauve une des cachettes. Franchement! Pas besoin de réfléchir longtemps pour éliminer la possibilité de trimbaler mon journal dans mon sac d'école. Ce serait une catastrophe digne des plus grands films si je m'y risquais! Même Indiana Jones aurait l'air d'un aventurier peureux à côté de ce que je pourrais vivre.

Scénario catastrophe
Apporter mon cahier à l'école
Action 1

Quelqu'un pourrait ouvrir mon casier, voler mon sac d'école, le vider dans les poubelles, apercevoir mon journal, le prendre et l'exposer en pièces détachées sur le grand babillard dans l'entrée de l'école... **à la vue de tous!**

Scénario catastrophe
Apporter mon cahier à l'école
Action 2

Océanne-Sophie – la chouchou de tous les profs, la fille la plus rapporteuse de l'Univers, celle qui a toujours la main levée parce qu'elle pense tout connaître et la fille qui m'énerve le plus depuis la maternelle (Et qui ne m'aime pas beaucoup, car je lui ai déjà coupé un bout de cheveux en maternelle parce qu'elle m'irritait!) *– pourrait apercevoir mon journal durant un cours et en profiter pour le piquer pendant que je bavarde avec Juliette, ma meilleure amie, en lire un extrait, entourer mes fautes en rouge, aller le porter à mon professeur et lui dire que j'ai fait* **8** *fautes en* **6** *phrases...*

Action 3

Je pourrais échapper mon journal en route (ou plutôt en course, car je serais en retard!) *vers le gymnase directement devant le bureau de madame Pauline, la directrice de l'école. Elle pourrait aller s'acheter un paquet de chips et lire mon journal, la porte de son bureau fermée, comme un bon livre emprunté à la bibliothèque. Et après, parce qu'elle l'aurait trop aimé, elle le soumettrait à Pascal, le prof d'arts, pour qu'il en fasse une comédie musicale !*

Nooooooon merci! Je ne veux pas me faire humilier! C'est éliiiiiiiiiminé! Ziouuup! Je biffe!

Comme une magicienne, une illusionniste ou une diseuse de bonne aventure, je me concentre sur les autres choix devant moi. Je fixe mon journal. Mon regard s'attarde à chaque mot. Il traverse même les feuilles pour trouver ce qui se cache derrière.

44

Partie rationnelle du cerveau de Rebecca
— **Qu'est-ce que tu dis là ?**

Partie complètement folle du cerveau de Rebecca
— **Ben quoi ? Je suis dotée d'un pouvoir. Tu ne te rappelles pas ?**

— **Hein ?**

—**Lis plus haut ! Et prends soin de t'en souvenir !**

— **Tu te penses magicienne ? Quoi, la feuille va te parler ?! Tu ferais mieux d'être logique et de soupeser les points positifs et négatifs de chacune des cachettes.**

— **Je n'ai pas le temps, désolée ! Ça presse !**

— **Tant pis ! Tu ne trouveras pas la meilleure cachette !**

— **Pfff ! Qu'est-ce que tu en sais ? T'es peut-être le génie entre nous deux, mais tu ne peux pas plus lire dans l'avenir que moi !**

45

— *On verra !*

 — *Tu ne comprends rien !*

 — *T'es pas logique !*

 — *J'aime mieux me fier à... à... à mon instinct !*

 — *Eh bien, bon instinct ! On se revoit quand viendra le temps de réparer tes dégâts... encore !*

(Des duels entre mes deux parties de mon cerveau, ça arrive souvent!)

Je n'aime pas quand ça se chamaille dans ma tête. On dirait une joute de ping-pong diabolique ! Pour que tout cesse, je dresse rapidement mon **TOP 3 des cachettes**.

- ★ *Chez grand-maman Dodo dans sa malle remplie de foulards*
- ★ *Dans ma bibliothèque derrière mon roman préféré*
- ★ *Dans mon bac à souliers*

Mon grand palmarès! Les grands finalistes! Oh là là! Je pense que j'ai encore du boulot à faire. Ces cachettes ne me semblent pas vraiment sécuritaires. Voyons voir... C'est l'heure de l'analyse ultra-poussée (« Youhou! Côté rationnel de mon cerveau! C'est à ton tour! ») pour déterminer sans la moindre miette de doute le meilleur endroit pour ranger mon journal intime.

Je plonge! J'y vais avec la cachette la plus facile à éliminer: chez grand-maman Dodo. Pourquoi? C'est vrai que cela pourrait être une bonne cachette. Chez elle, contrairement à ici, pas de nez fouineur dans mes affaires. Elle est bien trop occupée à peindre, coudre, faire du tai-chi acrobatique, du yoga aquatique ou du tricot extrême. Bon, elle a des chats (Sept au total! Vrai de vrai!), mais les chats ne savent pas lire, donc aucun danger! Mais ce serait pénible de devoir aller chez elle dès que je veux écrire dans mon journal. La sécurité, c'est bien, mais la proximité, c'est mieux! Et surtout pratique! **OPTION ÉLIMINÉE:** elle obtient la troisième position dans mon palmarès!

Pour trouver le gagnant, c'est plus difficile. Mon bac à souliers est tellement puant qu'il est certain que ni mes parents ni mon frère n'oseront y toucher. Le hic? Mon journal risque de s'endommager en plus de peut-être prendre le parfum de mes chaussures. ARK! Ma bibliothèque, c'est toujours une bonne cachette, un peu trop habituelle, pas assez originale, mais bonne quand même! Surtout, pas de risque de transformer mon journal en torchon malodorant!

J'hésite. Je mordille mon crayon. J'entortille une mèche de cheveux autour de mon index. Je mâchouille l'intérieur de ma lèvre inférieure. Je bouge un peu (trop?) frénétiquement tous mes doigts en les frottant les uns contre les autres. J'ai toute la gestuelle d'une fille qui réfléchit. Je prends une **graaaaaaaaaaaaaaaaaande** inspiration, ferme les yeux, croise les doigts et les orteils aussi. Je revois dans ma tête les deux choix. Ils dansent sans arrêt dans ma caboche. Mais je n'arrive pas à en saisir un. Ce sont des papillons hyperactifs! Aucune capture possible! C'est un signe ? Qu'est-ce que mon esprit essaie encore de me dire ? Ce ne sont pas deux bons choix ?

Oh, ho ! La tour de contrôle du cerveau de Rebecca nous indique qu'elle a détecté un élément perturbateur autour des deux idées dansantes. Du nouveau dans toute cette affaire. Attendez... Je crois que... Ah ! Oui ! On me le confirme bien, il y aurait une autre idée dans la ligne de mire du puissant cerveau de Rebecca. Un tout nouvel élément qui risque de reléguer l'idée de cacher son journal dans son bac à souliers ou dans sa bibliothèque au rang des idées complètement nulles. Ou enfin, presque nulles ! Selon les dernières informations obtenues, la nouvelle

cachette serait... humm... attendez.... serait... DANS un livre DANS la bibliothèque! Oh! Quelle révélation-choc! Quel revirement de situation! Oh! On m'informe qu'on assistera en grande première au test de faisabilité de cette cachette... en direct avec Rebecca! Quelle journée historique! J'aperçois maintenant Rebecca qui se lève de son super bureau secret et qui se dirige vers...

D'un puissant coup de pied, j'éparpille mes draps et toutes les doudous. (Je dors avec un drap mince et trois ou quatre doudous toutes douces!) sur le plancher (ou plutôt sur le désordre étendu partout sur ce qui devrait être un plancher...) Je dois passer à l'étape cruciale de la vérification de cette possible cachette du siècle! Je suis **a)** fébrile **b)** inquiète **c)** excitée **d)** confiante ou **e)** un peu toutes ces réponses. La réponse est **e)**.

Je jette un bref regard vers les étagères de ma bibliothèque. Hum! Il faut que je trouve un livre plus grand et plus large que mon journal. Ah! Voilà! Mon encyclopédie sur les animaux. Génial! **1) Ma mère a horreur des animaux**, qu'ils soient à poils ou à plumes, à cornes ou à écailles, avec des ailes ou avec des branchies, et particulièrement s'ils sont gluants. (Sur la couverture de mon livre, il y a un énorme serpent et une grenouille luisante ; elle n'y touchera pas, c'est certain !) C'est vrai, ma mère accepte Tambour, mais son amour (ou plutôt sa tolérance !) des animaux s'arrête à notre chien. **2) Mon frère trouve que les animaux, c'est un truc pour les bébés** (donc moi !) et je me demande s'il s'est déjà approché d'un livre à part de son guide de jeux vidéo ! **3) Mon père cherche tout sur Internet**, alors les encyclopédies avec une table des matières, ce n'est pas son truc. Lui, son meilleur ami, c'est Google ! **4) Tambour, en sa qualité de chien, s'en fout pas mal**, je crois... (Et bien sûr, il ne sait pas plus lire que les chats de ma grand-mère !)

Je saisis mon encyclopédie, je l'ouvre en plein centre, directement entre les pages des tritons et des salamandres (ou entre celles des lémurs, comme Zoboomafoo, et des damans, sorte de lapins laids sans longues oreilles !), j'y glisse mon journal et hop ! je replace le tout sur la tablette. En reculant de quelques pas pour admirer ma supercherie, je constate que c'est parfait. On ne remarque rien.

Et c'est une réussite ! Regardez comme on ne voit aucune différence. Une idée parfaite. Vraiment, Rebecca nous surprendra toujours. Longue vie à elle et à son journal secret...

J'ai réussi ! C'est la cachette parfaiiiiiiiite ! Je pourrai enfin écrire librement dans mon journal sans craindre de perdre la clé ou de me faire subtiliser mon précieux confident. Je peux dormir tranquille.

Il n'y a plus de dangers potentiels qui rôdent! Enfin, je peux écrire tout ce qui me passe par la tête sur les pages de mon journal.

 « Si tu écris TOUT ce qui trotte dans ta tête, tu ne trouveras jamais assez de crayons dans ta maison et tu auras la main TOUT engourdie, pour ne pas dire complètement anéantie ! »

En plus d'écrire mes secrets, mes pensées, mes idées, mes projets, des chansons, des poèmes, des histoires folles...

Liste des listes à dresser dans mon journal
- ★ *Liste des choses que j'aime*
- ★ *Liste des choses que je déteste*
- ★ *Liste des trucs que je veux faire un jour*
- ★ *Liste de ce que je ne veux jamais faire*
- ★ *Liste des filles qui ne seront jamais mes amies*
- ★ *Liste de mes meilleures amies*
- ★ *Liste des gars les plus nuls* (mon frère en tête de liste... facile!)

- ★ Liste des choses que je n'écrirai jamais même dans mon journal
- ★ Liste des métiers que je voudrais faire
- ★ Liste des bonnes blagues
- ★ Liste de futures cachettes possibles
- ★ Liste d'objets d'espion à me procurer
- ★ Liste des endroits où il y a certainement un mystère
- ★ Liste des voyages que je voudrais réaliser
- ★ Liste des moyens pour me débarrasser de mon frère
- ★ Liste des trucs que ma mère n'aime pas
- ★ Liste des bonbons que j'aimerais manger

— Mamaaaaaaan, on peut aller acheter des crayons ?

— On en a des crayons, ici, ma belle Ré d'amour.
(Je n'aime pas ce surnom ! Il me donne la chair de poule !)

— J'en ai besoin de beaucoup... pour l'école !
(Ça passe toujours mieux quand c'est pour l'école !)

— *Ah ! Tu as perdu les tiens, encore...*

— *Ouin, c'est cela.* (Dans ma tête, ça sonne comme : « On va dire !... »)

Un mois plus tard

Quand grand-maman Dodo est venue hier soir, je lui ai montré quelques pages de mon journal. Je sais qu'elle n'en soufflera mot à personne. Elle est une spécialiste dans l'art de garder des secrets. Je pense même qu'elle a dû être une détective-espionne, un jour. J'aime même penser qu'elle cache chez elle, dans sa maison tellement à l'envers, un coffre rempli de trucs mystérieux. (Ohhhh! J'aimerais tellement mettre la main sur ce trésor!) J'ai mis sa maison sur la liste des lieux à fouiller pour trouver un mystère. C'est clair qu'il y en a un là. (Histoire à suivre!) Grand-maman a été impressionnée par mes codes de couleurs avec mes crayons (vert pour les bonnes idées, rouge pour les colères, bleu pour les inventions, orange pour les trucs d'espion, etc.) et mes listes. Je lui ai même lu une des chansons que j'avais composées. (Les deux phrases que j'avais écrites, plutôt!)

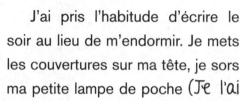

J'ai pris l'habitude d'écrire le soir au lieu de m'endormir. Je mets les couvertures sur ma tête, je sors ma petite lampe de poche (Je l'ai retrouvée... dans mon bac à souliers!) et je gribouille dans mon cahier. Puis, je me lève à pas de tortue championne de lenteur et je replace mon cahier dans sa cachette. Même si mes parents semblent avoir oublié l'existence de mon journal, je reste sur mes gardes. On ne sait jamais. C'est peut-être une tactique de leur part. Ils feignent l'indifférence pour mieux me piéger et s'emparer de mon journal. J'y pense, justement, là-tout-de-suite-maintenant (en ce lundi matin). Ziiioum! Je recule dans le temps. Je rembobine le film de mes souvenirs dans ma tête. Bien sûr, je n'ai quand même pas trouvé comment le faire en vrai, sinon je serais sûrement à la télévision pour parler de mon invention révolutionnaire. (Oui, oui, oui! Je veux être célèbre, un jour!) Ce retour dans le passé met en lumière quelques événements étranges qui se sont passés, mais que je n'ai pas retenus. Mes soupçons sont éveillés. C'est louche. **TRÈS** louche.

— Ré, tu n'as pas apporté tes nouveaux crayons à l'école ? J'en ai trouvé un par terre. Ne les oublie pas, Rebecca, sinon tant pis pour toi si ton professeur te donne un feu rouge !

— Rebecca, tu as encore ta grosse encyclopédie ? J'aurais besoin d'une info...

— Voudrais-tu un nouveau cadenas pour ton journal ?

Par chance, personne n'a remarqué que mes draps sont un peu (bon, ok... beaucoup !) tachés de traits mauves, bleus et verts. Je les ai frottés moi-même un soir, ce qui m'a obligée à dormir dans des draps à moitié trempés, ce qui a fait que j'ai donné un concert d'éternuement ! Mais je ne pouvais pas me plaindre, sinon j'aurais révélé une trop grosse partie de mon secret ! (Cela fait partie des risques du métier !)

Mais tous ces faits me dirigent tout droit vers une seule conclusion : mes parents (ou pire, mon frère !) savent où est mon journal. Ils l'ont peut-être même déjà touché ? Lu ? Vérifié ? Photocopié ? **Ooooooh ! Hoooooo !** On me surveille encore.

Ça ne finira jamais. Peut-être que ce journal intime est hanté, finalement. Il me porte malchance.

Je panique. (C'est vraiiiiiiiiiiiiment le temps!) Je dois vérifier. Je dois savoir. Je mets en place une ébauche de plan d'action pour prendre mes parents sur le fait, le nez directement dans mon journal. J'ai devant moi **2 minutes 28 secondes** avant de courir vers le coin de la rue pour attraper l'autobus.

But: *prouver que mes parents m'espionnent.*
Comment: *aucune espèce d'idée pour le moment...*

À moins que... J'ai déjà vu dans un film une poudre spéciale qu'on disperse sur un objet pour révéler les empreintes digitales de celui (ou celle!) qui y a touché. C'est ce qu'il me faut! Et mes poten-

tiels sauveurs sont... mon prof d'art ou mon prof de sciences! Ils sauront de quoi je parle! Je me lève d'un bond et trouve, en dessous d'un bas, d'un sac de biscuits (vide), de mon cahier de musique (Ah, il est là!), de ma doudou verte et de mes bracelets Silly Bands, une boîte en métal parfaite pour ramener la poudre découvre-empreinte ! Oh ! Vite ! J'ai dépassé l'heure. Je pars en courant. J'ai pris **3 minutes 13 secondes...** je vais être en retard, c'est sûr !

★☆★

Ma journée se déroulait sans aucune anicroche. (C'est ce que je pensais !) J'avais même eu un B dans ma production écrite. (Le sujet était fafa... « Parle-moi de ton futur métier » ! J'aurais pu écrire huit pages sur ma future carrière de détective-espionne !) J'avais rigolé avec mes amies Lorie et Sofia pendant le dîner. Mon génial prof d'art m'avait donné la recette pour analyser les empreintes : je dois envelopper mon cahier d'un papier un peu plastifié et si possible un peu collant pour que les doigts des fautifs laissent leur trace ; ensuite, je saupoudre un peu de cacao en poudre sur l'empreinte, je brosse un peu pour enlever le surplus et j'appose un papier collant dessus pour bien imprimer ; je dépose mon papier collant sur une feuille de papier blanc et je compare ensuite avec les empreintes des doigts de mes parents. Bref, j'étais heureuse ! Mais durant le cours de gym, tout s'est arrêté. On jouait au basketball. Je venais d'intercepter le ballon et je driblais en me dirigeant tout droit vers le panier quand j'ai eu un flash. Dans ma tête, j'ai vu la scène d'horreur : mon journal était resté ouvert sur mon lit.

J'ai arrêté de courir net. (Je pense qu'il y a eu un peu de fumée sous mes espadrilles !) Comme j'ai freiné brutalement, mes coéquipiers derrière moi n'ont pas eu le temps de ralentir. Ils ont foncé dans mon dos. **BANG!** Les joueurs de l'équipe adverse qui s'avançaient vers moi n'ont pas eu plus le temps d'arrêter leur course pour m'enlever le ballon et ont foncé droit sur ma poitrine. **BANG!** Et moi, dans ce carambolage de joueurs de

basketball, je me suis effondrée par terre. **PAF!** Autour de moi, ce n'était pas des étoiles qui tournaient, mais bien des répliques miniatures de mon journal intime. Sans cadenas.

Puis, j'ai repris mes esprits. Ça tournait encore beaucoup. Pire que tous les manèges que j'ai essayés dans ma vie! Doucement, tout est redevenu presque normal. Mais, même si je n'avais rien de cassé (J'étais juste un peu secouée par cette collision...), l'école m'a envoyée en ambulance vers l'hôpital avec Jacinthe, mon professeur de gym. Mes parents allaient me rejoindre là-bas. Tous les muscles de mon corps me faisaient mal. Je sais maintenant exactement ce que veut dire l'expression « être prise en sandwich »! Durant le trajet, même si j'avais terriblement mal à la tête, une seule chose m'importait : mon journal (plus du tout) TRÈS intime. Je me demandais si mon père avait eu le temps de le voir ce matin, si mon frère avait pu avoir l'idée d'entrer dans ma chambre

avant l'école, car ses antennes lui auraient conseillé de le faire, si ma mère durant son heure de lunch avait décidé de faire du ménage dans ma chambre, si Tambour n'avait pas décidé de déchiqueter mon journal pour s'amuser (On sait bien que les chiens – comme les frères – s'amusent à faire des bêtises vraiment trop idiotes peut-être parce que justement ils ne savent pas lire !), si le facteur n'avait pas aperçu mon journal par la fenêtre de ma chambre et avait décidé de s'introduire dans la maison pour le lire, si... si... si...

Eurkkk ! J'avais mal au cœur tout à coup !

À l'hôpital, un médecin (gros et barbu !) m'a rapidement examinée. Tout était normal. J'ai eu envie de hurler que rien n'était normal ! **Surtout quand** on laisse son journal intime sur son lit à la vue de tous ! **Surtout quand** on a des parents curieux et un frère casse-pieds et possiblement un facteur pas très gêné ! **Surtout quand** on sent que nos secrets ne sont plus du tout protégés. Bon, je ne crois pas que ce gros monsieur à la moustache qui frise écrive dans un journal intime et aurait pu me comprendre. J'aurais plutôt dû lui demander s'il laisserait déverrouillé et ouvert devant tout le monde un coffre-fort qui contient ce  qu'il a de plus précieux au monde. Là, il aurait peut-être saisi le sérieux de ma situation! Mais je n'avais pas le temps de lui proposer ma mise en situation, car mes parents débarquaient comme deux tornades dans la petite salle où je me trouvais. Ils m'ont couverte de bisous et de câlins (OK! On arrête! J'ai presque 10 ans et on est en public!) tout en bombardant le médecin moustachu de questions sur mon état de santé.

— *Une chance que je travaillais de la maison aujourd'hui, j'aurais même pu aller chercher rapidement ta mère, a dit mon père.*

— *Quel hasard que je n'aie pas eu de client à l'extérieur cet après-midi et que j'aie été à la maison. J'aurais été tellement inquiète de te savoir à l'hôpital sans moi, a renchéri ma mère.*

Ces paroles se voulaient réconfortantes, mais pour moi, elles étaient terrifiantes. (Ça voulait dire que mes parents étaient à la maison avec mon journal sans surveillance!) Totalement. Comme deux autres secousses. Parce que j'ai touché mon front en gémissant un peu en entendant cela, le docteur Moustache a cru que de nouveaux symptômes me terrassaient. Mon état ne l'inquiétait pas trop, mais il voulait que je passe deux heures ici juste pour surveiller mes signes vitaux. Deux heures! (J'ai failli m'évanouir pour vrai!) Sans pouvoir vérifier si mon journal est encore **TRÈS** intime! J'avais envie de lui dire que mes signes vitaux iraient tous bien, même mieux, si je pouvais simplement m'informer de l'état de mon journal **TRÈS** intime. Comme j'aurais aimé avoir une minicaméra pour voir ce qui se passait (Ou s'était passé, aussi, tiens!) dans ma chambre. J'ai fermé les yeux pour essayer de me reposer. Impossible. J'étais trop stressée...

— *Mo... mon... jouuuu... jouuuurnal..., ai-je prononcé difficilement.*

— *Ton quoi? a demandé mon père.*

— *Repose-toi, Ré! On verra à tout cela tantôt!*

66

(Ça ne me rassurait pas du tout! On allait voir à quoi?)

— *Jouuuuuur... naaaal...*

— *Non, il n'y a pas de journal ici! Allez! Au repos! On veut te ramener à la maison rapido... chuuut!*

Voilà que ma mère m'obligeait à me taire. Argghhh! J'ai vécu les deux heures les plus longues de toute ma vie. Après une heure (soit 60 minutes, ou 3600 secondes!), j'ai dit à mes parents qu'on devrait s'en aller. Je n'en pouvais plus. Je devais arriver à la maison et constater l'ampleur des dégâts.

— *Il n'y a rien qui presse, Rebecca! On ne prendra pas de risques avec ta santé, ma belle! a lancé mon père.*

Arrghhhhhh!

Encore une heure à faire jouer dans ma tête les pires scénarios...

Quand finalement le docteur Moustache est arrivé et a signé mon congé, j'aurais aimé sauter de joie, mais j'avais trop mal partout. **Outch! Ouille! Aïe!** Un tout nouveau rythme de musique résonnait dans ma tête à chaque pas.

Arrivée à la maison, je me suis précipitée (à pas de tortue estropiée et courbaturée) dans ma chambre.

J'ai failli m'évanouir de nouveau. **RIEN**.

Mon lit a été fait (Et pas par moi, je n'ai pas eu le temps ce matin... comme tous les autres matins de ma vie!) et mon journal a disparu.

Surplus d'émotions? Surplus de colère? Surplus de sentiment de trahison? Surplus de peine?

Je ne sais pas, mais j'ai crié. Un grand cri monstrueux, à donner la chair de poule.

Mes parents sont accourus.

Je les ai accusés. Qui d'autre pouvait avoir volé mon journal ?

— *Vous avez réussi ! Vous êtes fiers de vous ? Vous n'avez pas travaillé fort, quand même ! Il était là sur le lit à votre vue ! Vous l'avez lu ? Vous êtes contents ? Je ne vous raconterai plus rien !*

— *De quoi parles-tu, Rebecca ?*

— *Fais pas semblant, papa !*

— *Je pense que tu devrais te coucher un peu, ma chérie, tu as vécu beaucoup d'émotions, aujourd'hui... Peut-être que finalement ton coup t'a vraiment sonnée !*

— *Non, maman ! Je ne suis pas fatiguée ! Je ne voulais pas que vous regardiez dans mon journal. Mais vous étiez trop curieux ! Grand-maman Dodo m'a donné un cadeau empoisonné ! À moins qu'elle soit complice. Vous lui avez suggéré cette idée pour m'épier ?*

— *Tu écoutes trop de films, je le savais !*

— *Papa, franchement!*

— *Tu as trop d'idées, je l'ai toujours dit.*

— *Maman! N'essaie pas! Mon journal... je l'ai oublié ce matin sur mon lit. Qui de vous deux l'a pris? Où l'avez-vous mis?*

J'aurais aimé avoir une lampe pour braquer une (extra) forte lumière sur leur visage et lire dans leurs pupilles s'ils mentaient ou pas, comme les vraies détectives font.

— *Mais on n'a touché à rien. Il n'y avait pas de journal sur ton lit ce matin quand je suis passé prendre tes draps, s'est défendu mon père.*

— *Il est peut-être par terre... il y a tant de choses qui traînent! s'est désolée ma mère en jetant un coup d'œil à ce qui devrait ressembler à un plancher.*

Je n'ai lu dans les yeux de mes parents...

aucune trace de mensonge.

Non! Pas une miette de petite menterie! (Je suis une future détective-espionne et je sais reconnaître les signes du mensonge chez les gens – ils se touchent le nez, évitent de nous regarder dans les yeux, leur regard est fuyant, etc. –,

mais là, rien de tout cela... Oups! Ma première
– et sûrement dernière – erreur!) Ils disaient
la vérité. Je percevais très distinctement par contre
la surprise, le questionnement et même un peu
d'agacement. Ils ne voulaient pas lire mon journal?
Incroyable... Il ne restait plus qu'un suspect possible
parce que franchement je ne croyais pas que l'auteur
de ce méfait soit vraiment le facteur ou mon chien!

— *Arrrrrghhh! C'est Gabriel! C'est sûr! Il ne
perd rien pour attendre. Je vais... je vais...*

— *Tu ne vas rien lui faire du tout, Rebecca!*
est intervenu mon père. *Il est parti vers l'arrêt
d'autobus avant toi, ce matin! Crois-moi, c'est
un exploit qui se remarque! Et comme tu vois, il
n'est pas encore arrivé!*

Deuxième erreur. C'était juste trop! Trop! Je me
trouvais devant un mystère trop grand. Trop éprou-
vant émotionnellement pour moi! J'ai abandonné.
Je me suis écroulée sur mon lit et j'ai pleuré.

Mon journal de moins en moins **TRÈS** intime
avait disparu! J'avais mal à la tête. J'avais mal
partout. J'avais mal au cœur. Et dans le cœur.

Ma mère est restée assise sur mon lit et a déposé une doudou – la bleue (C'est concept: mon corps sera parsemé de cette couleur, bientôt!) – sur moi. J'ai eu un peu honte. J'ai accusé mes parents, mais ils n'étaient même pas coupables. (Mon flair est extrapourri! Je suis vraiment la plus pourrie des futures détectives-espionnes.)

— *Rebecca? Tu croyais que ton père et moi lisions ton journal?*

(J'ai babouné.)

— *Tu pensais quoi, alors?*

— *Je pensais que vous vouliez le lire. Je n'ai pas dit que vous l'aviez lu.*

— *Ça revient pas mal au même, non?*

— *...* (J'ai rebabouné.)

— *T'as trop d'imagination! Vraiment! Tu sais, tout le monde a des secrets. C'est bien correct!*

— *...* (J'ai rerebabouné.)

— *On te taquinait, mais surtout on voulait s'assurer que tu trouves une bonne cachette à ton journal afin que ton frère ne tombe pas dessus. Tu sais, des fois, entre frère et sœur, on se fait des coups pendables. Moi aussi, tu sais* (Ah non,

la valse des « moi aussi, tu sais » était repartie !),
*j'ai eu un journal intime que je protégeais plutôt
mal des regards indiscrets, et mon frère l'a un
jour apporté à l'école pour me taquiner devant
tous mes amis...*

R Je baboune quand je ne veux pas
répondre, car toutes les réponses que
j'ai en tête ne sont pas vraiment bonnes.
Je baboune parce que je me suis fait
prendre. **Je baboune** quand je suis
un peu insultée. **Je baboune** aussi quand
j'ai de la peine. Ok, là, j'en prendrais plein
de câlins et de bisous, maman...

Ohhh... bonheur ! Voilà que je faisais de la télépathie avec ma mère. Aussitôt que j'y ai pensé,
elle s'est exécutée. Ses caresses m'ont fait du bien.
Je me suis calmée un peu et **PAF!** Non, rien ne
m'avait (encore !) percutée physiquement... mais
une idée, oui ! Ma collision de tantôt m'avait peut-
être donné le don d'être télépathe. Qui sait ?

J'allais penser le plus fort que je pouvais à mon journal et il allait peut-être apparaître.

1... 2... 3... Je me suis mise à penser à mon journal intime. Je le voyais. Tout vert, à poils. Rien. J'ai plissé les yeux pour me concentrer plus. Dans ma tête, il était là. Puis... pouf! J'ai senti une pression sur mes pieds. Tambour venait de sauter sur le lit. C'était une boule de poils, mais pas celle que je cherchais.

Ma mère m'a tapoté l'épaule doucement. **Ouch!** Elle a insisté en me poussant un peu.

— *Aïe, arrête! Ça fait mal!*

— *Regarde...*

— *Tambour est là, je sais. C'est un exploit qu'il saute sur le lit à son âge, je sais...*

— *Non, regarde, je te dis...*

Ahhhhhhhhhhhhhhhhhhh! J'avais vraiment fait de la télépathie! J'étais magicienne (futur métier?)! J'attirais des choses! Woooow! Ma boule de poils à quatre pattes avait sauté sur mon lit en tenant, dans sa gueule, une touffe de poils. (Verts, par chance! Autrement, ça aurait pu être a) gris... donc un écureuil, b) caramel....

donc un chat ou c) noir et blanc.... donc aaaaaahhh! une mouffette!) Il s'apprêtait à déposer mon journal devant lui et à s'asseoir dessus. On aurait dit qu'il voulait le protéger avec son gros postérieur!

— Oufff woufff wouaff!

Bon! Ça, c'était du langage de chien. Mais moi, je sais décoder le tout!

Un, deux! Un, deux!
J'appelle le service de traduction
de l'encyclopédie personnelle de Rebecca!
J'ai besoin de transformer en langage humain ce que Tambour a dit.

« J'ai protégé ton journal TRÈS intime quand tu es partie en coup de vent à l'école. Tu cours vite, mais tu oublies vite ! Alors je l'ai apporté sur mon matelas. Les autres humains de la maison n'ont rien remarqué, car je me suis couché dessus toute la journée, comme je sais si bien le faire, comme tu dis ! Tu vois, je comprends plus que tu penses... hé hé ! »

Ooooohhh ! J'ai embrassé mon vieux toutou.... Il est génial et intelligent, aussi ! (En tout cas, plus que mon frère, ça c'est certain !)

Du coin de l'œil, j'ai vu maman s'éclipser doucement en souriant. Les présumés coupables (oups !) sont devenus mes alliés. Je me suis un peu trompée. Booooon, peut-être que j'ai vraiment **trop d'imagination.** Peut-être que j'ai encore quelques croûtes à manger avant d'être une détective-espionne-agente secrète sans faille...

Je suis tellement contente **a)** d'avoir retrouvé mon journal, **b)** de savoir que mes parents ne m'espionnaient pas vraiment, **c)** d'avoir un chien trop intelligent, **d)** de m'être découvert un nouveau don !

Je saisis un crayon et j'attrape vite mon journal (toujours) TRÈS intime.

J'ai eu une journée **complètement folle**. Aujourd'hui, il m'en est arrivé, des trucs... Je vais te raconter. Je ne sais même plus par quoi commencer. Oh, oui, je sais! Je vais t'expliquer comment je suis devenue télépathe! Ou magicienne, un peu sorcière sur les bords! Je suis aussi de plus en plus une détective-espionne et je suis même accompagnée d'un chien à l'intelligence spectaculaire. (Même s'il ne bouge pas plus vite qu'avant!) Vrai de vrai... Mais des fois, on peut se tromper...